逆光飛行

羅任玲　著

麥田文學　94

本書榮獲行政院文化建設委員會贊助出版

麥田文學　94

逆光飛行

作　　者　羅任玲
發 行 人　陳雨航
出　　版　麥田出版股份有限公司
發　　行　城邦文化事業股份有限公司
台北市信義路二段213號11樓
電話：2396-5698　傳眞：2357-0954
郵撥帳號：18966004
城邦文化事業股份有限公司
香港發行所　城邦(香港)出版集團
香港北角英皇道310號雲華大廈4/F,504室
電話：25086231　傳眞：25789337
新馬發行所　城邦(新、馬)出版集團
Penthouse, 17, Jalan Balai Polis, 50000
Kuala Lumpur, Malaysia
電話：(603)2060833　傳眞：(603)2060633
印　　刷　凌晨企業有限公司
登 記 證　行政院新聞局局版臺業字第5369號
初版一刷　1998年5月30日

ISBN 957-708-631-4

售價：160元　Printed in Taiwan

歐洲有一種「極短詩」，李尚文先生將之譯作「詩銘」。他對這種文學形式的界説是，詩銘同蜜蜂一樣，應該具有三個特質：一刺，二蜜，三是小身軀。刺是犀利的諷刺；蜜是善意的箴規；小身軀是短小精悍的形式。諷刺不可流於尖刻惡毒，要流露幾分同情，才不失溫柔敦厚。

我發現羅任玲的作品最能反映這三個特質。她的詩形式短小，具體而微，以有限象徵無限，形成一個自足而完整的世界。雖然基調是溫婉的、女性的，但與傳統時代的閨閣氣息不同，她的溫婉是柔中帶剛，她的女性是現代女性主義的女性；對現實社會，她有焦慮，有反諷，也有批判，不過都不失之於刻薄無情或油腔滑調，所謂善意的箴規，她是充分做到了。

——聯合報副總編輯瘂弦

羅任玲十分講求一首詩的深度與密度，通常顯現意象的方法是，極力以自己最敏鋭的心靈，捕捉某些超感覺的感覺，再以精確的語言，彎曲自如的語言，把攫取到的各種題材框框打破、重組，選擇一些比較恆久的，耐人低徊的，甚至是發人深省的酵素，然後予以巧妙的排列，以一幅幅新穎不同的畫面，讓它在讀者的心中閃爍。

——名詩人張默

羅任玲的詩在意象重組的手法上運用極妙，詩中包含的事物也很多，感覺非常現代。她的詩提供許多可能，有很廣大的想像空間。

——名詩人鄭愁予

任何用在批評女作家作品的名詞：婉約、閨怨和閨秀，全都不適合引用來討論她的詩。

——前中央日報副刊主編梅新

一些冷然的意象、看似無關的事件，在書寫中沉澱或者擴散，當我們剛剛感覺到，一段進行中的敘事已接近了尾聲。產生共鳴的讀者，往往驚異於她感覺的鋒利、觀察的敏銳，見人之所未見。

——台大社會學博士裴元領

時間的不可逆性以及命運的合法性造就了她的詩，而她也用詩來背叛時間以及命運。

——自由時報副刊主編許悔之

《自序》

寂靜

朋友在法國南部的小山谷唸書，據說是梵谷住過的地方。

夏天，熾熱的焚風讓鳶尾花爆裂開來，四處怒放。天藍的狂濤與淡紫的冷漠。

朋友課餘之暇外出閒逛，卻總在寂靜的午后遇見梵谷。他的耳傷顯然尚未痊癒，烏鴉依舊鼓譟盤旋。

「那麼，你是眞的梵谷了？」朋友怯怯問他。

然而那人只是沉默，望向更遠的遠方，星群懼怖的夜裡，遲來的喧嘩……

羅任玲

逆光飛行 8

❖

沉默與喧囂的辯證。或者是，

眞實與虛幻的糾葛。

而過往的這些，在生命中恆常被模糊的人事場景，我在其中尋找著記憶的出口，卻發現它們和夢一樣，眞切且全然不可靠，像極了詩的詭魅。

如同我無法陳述爲何詩選擇了我，作爲暗夜裡飛翔的共謀。

不免還是想起那雙紅舞鞋，承載過多的黝譎與謬誤，仍要不停不停地跳下去，至死方休。

目錄

「輯四　萬聖節」

逆光飛行

輯 1

逆光飛行

我們的夢
一百萬次逆光飛行後
終於在寶藍的夜空下相遇
你的列車微雨
而我的，正滂沱
誰在雨中喃喃背誦單字
fade, faint, fatuous
當時光蓄意模糊了一切

逆光飛行 18

記憶從蔓草荒煙一路退後再，退後
加速的輪軸與芬芳都
轟然遠去
誰依舊安靜坐著
閱讀潮濕氣味的晚報
讓世界沉默且錯身而過
夜色高架
夢境無人駕駛
祕密的椅背上
你是否終於看見了
那年鏤刻的月光

醒著的兩首詩

銀杏

蔭涼的抽屜裡
那人的照片靜靜睡去
唱起歌來

無法記憶的
沉默，以及沉默的背面

醒著，以及醒著的流言
都簇擁而來

在黝暗的眉心
開著
一枚秋天的銀杏

果園

然後影子們落下來
巨大的粗糙的火
在黃昏四周

21 醒著的兩首詩

鑲上黑邊
溫暖的臉埋入昨日
鐵鏽的夢裡

炊煙燃燒起來
關於一生的夢

掉落地上的鐘擺
果子一般醒著，果子一般睡著的
不知名的頭顱

美食主義者

行走

點上蠟燭
把自己圍起來
把火圍起來
蛀蟲在歲月裡面行走
提琴的音色
華麗如星

23 美食主義者

高難度的夢境
獨自離開
離開了，走在
海和砂築起的黃昏
蛀蟲在堤防上行走
屋裡有人點起雪色
篤篤行走
蘸一點糖、蜂蜜，或者糖漿
收音機裡說
還可以加一點豬油
吃了，篤篤行走

篤篤行走

蛆原

學著包粽子，並且把做法留傳下來
黏黏的，讓許多螞蟻聚集
如同在秋天裡發現一首詩
遙遙的
萬家燈火

25 美食主義者

〈小評〉

瘂弦

歐洲有一種「極短詩」，李尚文先生將之譯作「詩銘」。他對這種文學形式的界説是，詩銘同蜜蜂一樣，應該具有三個特質：一刺，二蜜，三是小身軀。刺是犀利的諷刺；蜜是善意的箴規；小身軀是短小精悍的形式。諷刺不可流於尖刻惡毒，要流露幾分同情，才不失溫柔敦厚。

我發現羅任玲的作品最能反映這三個特質。她的詩形式短小，具體而微，以有限象徵無限，形成一個自足而完整的世界。雖然基調是溫婉的、女性的，但與傳統時代的閨閣氣息不同，她的溫婉是柔中帶剛，她的女性是現代女性主義的女性；對現實社會，她有焦慮，有反諷，也有批判，不過都不失之於刻薄無情或油腔滑調，所謂善意的箴規，她是充分做到了。

這兩首短詩的特點，是採用間接手法，表現對時空的悵惘，在歲月裡行走的蛀蟲，黃昏時人們點起的雪色，秋天裡發現的一首詩，遙遙的萬家燈火，這些影像都逼眞地帶出作者的人生寄慨。短詩最忌挿入議論，代讀者作價值判斷，最好的方式是閒閒引出正意，不加言詮，留下最大空間給讀者作想像的迴旋，詩眼既出，便戛然而止，避免拖沓蕪漫，也唯有如此，才能顯示出意在言外的餘韻。羅任玲是能深切體會箇中三昧的。

入夜

光暈，在入夜的大樓裡來回奔走
像心跳的聲音
寂靜燃燒

那是六月
初夏的第一道奇蹟
復活的人赤足走過甬道
向樓下暗夜的行人招手

蟻足般虛渺的人們
並不抬頭看祂

那是六月
微風拂過大樓裡的火
火上赤足的祂

雪花企鵝

一整年不落雨的這城市
終於長滿厚厚底藺
附著每隻企鵝
多心事的
蹼上……

「踩不掉這惱人的網……」
「這惱人的網呵！」

企鵝們紛紛抱怨
繭更加歡欣伸開雙臂
擁抱一隻隻多愁苦的蛹狀生物

全城滿佈憂鬱企鵝時
雪開始下了
「看哪！看哪！雪天使拯救我們了。」
一隻隻企鵝滿懷希望
叫雪吻著吻著

天全黑的時候
地上多了一座座奇異墳塚

31 雪花企鵝

雪白安詳的……
據說是
夢

一個歷史博物館的午后

把詩當成畫布
一種撕不碎走不出的顏料
慢慢我傾倒著
過度膨脹的愛情與花季
高中生倦了趴在桌上
繼續孵養他的青春
一對顯然過了愛戀期的中年男女
甜蜜地假扮再度墜入情網

33 一個歷史博物館的午后

一隻蜻蜓
誤闖歌者嗜謊的咽喉
在畫布與畫布之間
傳播十九世紀潦倒春日的噩夢
亨利歐仁·奧古斯丁·席達芮爾
所有展出者的名字
倒懸著
彷彿那結束不了的戰事
有誰在嗎?寂寞的
誰
烽火掃向春日午后
一扇開不了的長窗

逆光飛行 34

一莖
浮世

九月

紀念張愛玲

坐在黑黑的秋天裡
想像蜘蛛結網
那些隱晦的時光字語
如雨聲滴流

形而上的一首詩
回不去的蟹足

逆光飛行 36

月光從鐘擺滴落
只是輕聲走過了
桌上的一支羽毛筆

九月黑夜的安靜

海上

冬末黃昏時分，一張破椅子坐在港邊，遙想當年的心事。據說海上就要起風雲了，橙紫與深藍的波浪，在空滅和寂靜之間擺盪。浪上是夢，浪下是天，顛倒錯置的船隻在中間。沒有等待，沒有寓言，剝落的船桅是不帶情感的使者。

只有一群螞蟻，努力地，想搬走那張破椅，嘿呵呵、嘿呵呵，像盡責的船夫。牠們是不讀《百年孤寂》的，所以不知道馬奎斯，在許多許多年前的黃昏，已從遙遠的夢中，預言了故事的結局。

擱淺

月光擱淺在陶瓶裡，許多年了。

收藏陶瓶的空屋，也曾藏匿過孩童的笑聲，一丁一點，像午夜的鈴聲。鈴子後來逐漸變老，成爲沉沉的鐘鼓，只在黃昏時響一下。

蟻群從鐘口探出頭來，撿拾飄落的回聲，以及剝蝕的記憶。當蔓草終於佔據夜晚時，閒閒的夢境走進陶瓶裡，做了一個，長長的夢。

凝視

精靈在打掃閣樓時，發現了一枚凝視。

那枚錯過風雨，等候落葉，遇見過死亡的凝視，如今安靜地闔著眼，不發一語。精靈好奇地，用指尖輕喚著它，然而它只是沉默。

「悲傷是愚蠢的。」精靈離開閣樓前，回頭望向黑暗中的凝視，留下一句話。

天色終究黯沉下來。

唯有模糊的歲月，穿透岩石般的月光……

星夜

直到現在，她還常常夢見那段奇異的旅程，在夢中幻化成一幀詭祕的風景：

她在星夜裡搭上那輛巨大的，可容一萬兩千人的遊覽車。寬廣的車身裡，她轉頭和後座的P先生交談，談到未來世界的可怖。她望向車窗外暗夜中的迷宮花園，說那些在花園裡奔跑穿梭的孩童，不過是月桂樹的化身，日日夜夜搖蕩記憶。

後來她才發現偌大的車廂中空無一人，空氣裡，只有幽幽的月桂芳香。

記憶之初

夏日夏草
冬日冬濤
——井上靖

螢幕上，初夏的風拂著茂實的枝幹，那女人回想起他，銀白的髮色似乎閃現月光。

許久許久以前了，女人陷入狡獪的記憶裡，摸索著她其實無法確定的符碼。

漆黑的樹園裡，一枚一枚飛走的墓誌銘，螢火般閃耀在清涼的夜空裡。

❖

那時候，他在月的暗影裡坐著。背後是不知名的那人的雕像。

歷史穿過昏昧的鎖孔，照在他枯索的臉上，彷彿沉思許久了。

暫時丟下一歲稚子的姊姊，陪他坐在枯索的院落裡，等待暗影將最後一抹月光吞噬。

他們其實並未開口，鋒利的時光切過鎖孔，偷偷把草色與嬰孩的臉交換了。

❖

女人夢見她去那家餐館。黑色的屏風裡躲藏著一隻貓，和她小時候夢見的一模一樣。

貓後來逃出她的夢境，向河口的方向奔去，隱沒在湛藍的星空裡。

她一直習慣用湛藍的筆畫星空，用寶藍的筆畫白晝，一隻被夢顛倒錯置的貓。

❖

靈幻中的白馬穿過大霧的森林。他在二十年前的教室裡，背誦不斷掉落粉末的句子。

死亡多年的老師，背對著他，在黑板前振筆疾疾寫著，偶爾低下頭來，像在尋找什麼。

一排螞蟻列隊走過講台，向空蕩的座椅和操場走去，他依然努力背誦著，在天黑了，大霧瀰漫的教室裡。

❖

女人喜歡燉湯，加入豔紅的玫瑰。在冬天的夜晚用爐火烘焙各種形狀的小餅。

精靈通常在這時候化身雪花，浮貼在小餅的表面，吃起來像鬆脆的薄荷。

通過幽暗食道的精靈，變成女人夢的一部分，夜裡點起燈來，打掃傾斜的記憶。

❖

一切相干與不相干的。他吃著母親烘焙的小餅，背誦二十年前遺漏的詩句。

院落裡一隻被風吹落的杏仁果，靜靜躺著，螞蟻們靜靜聚集著，像螢火發著光。

他繼續背誦相干與不相干的句子，在大雨過後的窗前，有淡淡的薄荷香味。

❖

因爲能夠忍受與無法忍耐的。女人淡淡地說，像蟻群聚集成她的一生。

每日她在熱水瓶裡倒出一些螞蟻的屍體，安靜漂浮在紙杯的水面，像落葉般安詳。

後來她學會觀察螞蟻屍首排列的形狀，用來占卜，街坊鄰居的婦人們，等待占卜因此用盡長長的一生。

〈小評〉

孫維民

記憶中的場景人事，有時顯得如此鮮明清晰，終究只是「狡獪的」、「無法確定的符碼」。何況，記憶時常和夢一樣，都在眞實與虛構之間出入轉換，難以明辨。這首〈記憶之初〉即是在這樣的氛圍中，敘述著一個浮動閃爍的故事。

記憶可以不只是個人的。在這首散文詩裡，羅任玲提到「歷史」，她似乎暗示著：其他形式的記憶（家族的、國家的等等）其實也是無法確定的。人類的集體記憶無非也是如此。它們都如眞似幻，難以掌握，但是確實影響著人們的生活，如同影響著詩中的男女一般。

羅任玲的筆尖有時移動於批判與憐憫之間，讓人印象深刻。即以〈記憶之初〉的末段爲例，那些過了大半生的女人，最後卻選擇毫不理性的方式占卜未來。關於生命，關於時間中的任何一部分，人們無疑是愚昧的，卻也如此令人同情。

遇見

輯 2

遇見

給費里尼(1920–1993)

我在初秋的廣場遇見費里尼
他顯然穿著一件過大的襯衣
趿著海浪般的拖鞋
而且喃喃自語：
我已浪費了太多想像
以至於遇著陽光時
臉孔變得如此頹唐

那時四周還有
白色的鴿子紅色的女人
肥碩的鐘面擠滿小天使
然而哪些是眞的哪些是假的？
他依舊壞脾氣
檢視可能動了手腳的輪船
我不忍告訴他
所有船隻都已死去
暴風雨正在廣場一角
努力長成一隻多鬚老鼠
用軟軟的觸手包圍海洋和夢境
他只是固執地不斷

53 遇見

剷除多餘底片甚至不小心
把廣場也裁去了一半
喝著咖啡的鴿子女人與小天使
夢遊的噴水池紀念碑甜甜圈
都傾斜了並墜落到世界另一邊
有著同樣多餘的底片以及
在飛翔中一再齟齬崩塌的
初秋

〈小評〉

瘂弦

羅任玲的作品每每予人知性、沉鬱的印象，這首〈遇見〉就顯得輕快明亮。大概是因爲她寫的是天馬行空、大氣磅礴、「電影中的李白」費里尼吧？

一九九三，壞脾氣的費里尼死了，但對於飽覽費氏名作的羅任玲來說，他還活著。詩中的廣場、噴泉、胖女人（她們是大地的象徵），以及在昏黃燈柱下喝露天咖啡的人群……一如電影的映象——一個走向崩塌的世界。對這些，羅任玲用一連串蒙太奇手法，暗示出她對生與死的思考，對現代人世紀末生存情境的觀照，以詩回應電影，向大師致敬！

詩的首句以「初秋」始，末句以「初秋」終。秋天是最曖昧的季節，其象徵也最豐富，它代表成熟和收穫，但也是毀敗的開始。

全詩看似輕快，但本質上仍是批判的，似並未脫離羅任玲過去一貫的表現主題，面對人生，救贖心靈。而諸多的言外之意，寄於篇外，得靠細心的讀者去心領神會了。

死亡的顏色

給賈木許

門推開
你在戲院收票口
把眼珠子放入冰鎮的橡木桶
「乾杯。」你說
「敬我們可敬的甜蜜的天堂。」
那時光暈如雲飛翅如瀑欲望如影
斜斜飛過的夜色鉤住鎖鏈

手銬，溫柔且剛烈的河谷
你觸摸那即將消逝的顏色
用寂靜扣動扳機
(愛上一個機器娃娃)
斷裂的昨天的明天的未來的今生前世
你飲下那骯髒的不曾醒來的自己
像狼舔舐傷口，黏膩而血腥的存在
像夢，穿過死亡的顏色直達蔚朗晴空
然而你終究是黑的，然而你亦只是白的
坐在戲院門口
眈眈，虎視每一顆茫然的眼珠
無關傷悲

欲望之翼

給文・溫德斯

只能跳舞一再一再跳舞
飄蕩著的我的州際公路
而今而後花將永續開放不再凋殘

尋老路回家的天使
依然繫著舊鞋帶
把靈魂掛上諸神午寐的樹枝

戰事在遙遠或更遠的彼岸遲遲不開始
聽不見暗影說不出沉默
只有翅膀撲打雷聲
讓最後一場冰雹墜落
誰的趾尖
只能假寐一再一再假寐
以爲雲朵必會化身滄海
用霧寫下

沉甸甸的廢墟
幻影，以及咒語傾裂的泥地裡
億萬年後

59 欲望之翼

我終將與你同行
攜帶棄置的
夜色。小丑和灰燼
假設那是羽翼，豐饒且永不叛亡

繁花聖母

給尚・惹內

無法流淚的聖母在夏日陽光下
微笑爆裂如繁花
翻轉過來
至柔至剛的噩夢
伸手可及的陰影，你咀嚼著
彷彿容入一整籃的歡愉
死囚，以及邪惡

以及躲藏屏風背後
取悅自己的
冰藍色謊言：
「在沙漠中我見到
神開啓的天空……」
於是有人得以免除恐懼
視罪惡如己出
在狹窄陰暗的島嶼中奮力想像
從不虛假自欺的美善
有人依然堅持行走
在日夜的夾縫裡
並且得以偷窺

逆光飛行 62

終夜未眠的聖母
微笑如泣

哈利路亞

給仍在走著的倒下的，盧安達

在排水口收集你的陰影
皺紋滿佈陽光時
輕輕一笑
廉價的湯姆驅車路過
給他六叢盛開謊言
不要闔眼親親
雨後我們有一道玩不壞的七色彩虹

在太平梯收集你的陰影
滿眼飛飛飛飛的想念
飛過的吉米有花格襯衫
一隻會流淚的蜻蜓
睜眼尋找是不是
這人世的悽愴哀傷
在鋸木廠收集你的陰影
夏天的雪落在荒荒眼眸裡
路過的彼得有一口潔白牙齒
我們輕輕唱唱到一句哈利路亞
歡喜撫養一顆小小的病危星星

65 哈利路亞

在大海洋收集你的陰影
沒有損失沒有暴躁的月光
一直走我們一直路過
和歲月一同落下的禱詞靜靜
一直走我們一直路過
和敵機一同落下的禱詞靜靜
一直走我們一直，夢著夢。夢著夢
哈利
路亞
哈利

逆光飛行 66

路喦

哭牆

她們在夜的背面笑著，醒過來（給一群被稱爲「妹」的大陸女子）

那時候　星光都排成悲戚
每夜宣佈
聖城的宴席呵
肉色如此鮮美
落霧多汁的眼眸照例
急急趕赴

尙未膜拜的鬱潔領地
珍娜。露露。或者布麗姬妲
或者盲了的溪水
紛紛流過棘刺的谷地
靈魂懸在樹梢
隨風哭泣
(而宴席才要開始)
不回頭那假睫
祇能前導高高舉起
全城的聖火與榮耀
一千零一夜
呵故事永遠與牆垣等長

永不冷顫那鮮唇
伶俐越過黝黯靚空
輕輕咬嚙
甜蜜符咒
來了。他們
或者　祂們
…………
…………
那時候　星光都排成悲戚姿勢
每夜，在她們夢裡
靜靜飛
過

空中飛人

寫給出走的歷史

在陌生的頭顱裡醒來
穿越耳語和螢火
粗糙的夢境深處　有誰潛伏著

你潛伏著，一枚小小的貓爪
屏息諦聽輪轉的肉體
與持續發生的，愛

後來你是風，切割塊狀的祝福
倒過來的三角鐵，叮叮噹噹
敲響擁擠猥瑣的馴獸師
一疊困惑的紙，落入塵埃前
緊緊銜住被閹割的名字

你看守著，往後飛逝的啞鈴
在藍色森林裡焚燒
從沉思上方鼓動時間
在落日之前　遺棄大把歲月
燃成黑黑的，死

春天持續逃亡前
你偷偷測量虛空
從凋薄的眼眶背後，拉扯幸福
偏著頭你努力想：
穿過海綿的笑聲模擬柔軟的水草
豢養，一朵孤寂飄墜的落花

而他們仍在努力期待
到來或永遠不來的　光
在你的下面　昂首，張口
捕捉錯漏的驚歎號

你仍是你　匿藏詭譎的祕密
謠言從影子傳到夕暮
他們說：有一次你眞的夢見了光
有一次　誰忽然看見
老去的你　在擁擠的獸欄內
叩啄沉默的回音石
而，有一次
你終於離開巨大陰暗的頭顱
在陽光下，拋擲影子
在風雪爭執的彼端
化爲一枚青欖

澀澀的，從冬天的背後走過來
不再逆風

「一個極度微笑的靈魂
一個極度懦怯的靈魂
一個　在灰裡掙扎傾聽的名字」
誰　說。

而，關於早春的動機　愛與遺忘
最後一次有人　終於伸開雙臂
給暗夜一個輕輕的擁抱

細細的
像天上飄落的
回聲。

島

中元節，爲鬼朋友作

終於我們來到這座
冰冷而不許流淚的島嶼
遺忘已在千尋之下
大雪焚燒夜黯寂寥
誰灑下銀網如吻，如幽暗的甬道
穿過此生淒切的酒宴
與彼岸的悔懺同歡痛飲

77 島

無法回頭的夢遊者我們是
沿祭壇的荒涼一路尋來
月光已冷水族沉默
誰仍是那高懸的足跡
在時間之上斷崖之上
雨季久久不來，擱淺的往事只能輕輕
流落成爲螢火

走過的海洋如今生出羽翼
碑銘靜靜誦讀陌生唇語
而這只是夏夜，我們的島

不宜往生蒼苔曲折
所有蝶影只能旋飛
旋滅，任人間衰老如夢
如血色的微塵

當風吹過
旋起淡淡的節慶
與憂傷

巫者

天使在下
魔王在上
永恆與你
都在中間

坐在寂靜的空屋裡數算魔法
憂鬱的阿契斯特

或者腐爛的恆河小瓶
四千種靈魂
在光影模糊的夜裡起舞
(那就是詩了。你說，)

起初只是凝固的寓言
聚集成塊狀的夢魘
在流向天空時瞬間爆裂
傾軋彼此靈魂的魔咒呵
何時會讓生還的舞鞋
不再作夢，或者，不再逃離
(那是後來，魔法的事了)

81 巫者

安靜的阿契斯特
靜靜睡吧
夢會流過你的中趾
黎明來到前
不要點燈
魔王與天使的舞鞋
會燃起
熊熊
淚光

暗黑王國

輯 3

夏天的三首詩

速乾筆

這一次霪雨是多麼多麼長
可以寫在任何物體上，絕不褪色
誰細瘦的腳趾已開始發芽，像勾勾的暈黃月色

那樣絕然絕對地
忘記一切

冷氣機

沉思多慮的
獸甸匐夢境
邊緣只等一
開口噬去血
肉模糊的永
恆永恆永恆

假期的最後一日

他考慮今天要吃什麼水果
水蜜桃、獮猴果、葡萄柚　或是小玉西瓜
還有兩種他說不出名字
「若是你愛我　請你一定要說出口」
那歌手唱著唱著重複唱著
窗外的雲和風　一起唱著
來不及了
他想
來不及說出那兩種說不出名字
的水果

偷偷的紀事

黑衣人

向天邊跑去
跑到黃昏的街腳
對角線39×25.5
無限放大的青春
在打著點滴的牆外

他偷了一只風箏、一個燈籠、一張年畫
(每年到了這個時候，總是下起雨來)
一隻母鯨偷偷游離下水道
颱風偷偷在幫浦上踱步
蒲公英打算偷偷　繁殖
魔鬼向天使要去最後一枚印記
絕美微妙的容顏

一尾錦蛇的夜

他反覆述說

鱗片光潔邪惡無比
忽然醒來的他
一再述說：一尾錦蛇的夜
鱗片光潔，邪惡無比

死亡書

後來他就睡著了
腳尖遺落一些夢想
酸的憂愁人
拉起歲月
在涼了的窗前

彈唱起舞

裁縫師的二、三事

衣架

懸起一座夢想
頭顱與歲月的交界
那人反覆辯證
究竟是放逐了天空
還是懸空的
自己

線軸

忠實地自轉
撩撥一些思維炭粒
苦苦鹽質
「然則　就這樣嚥下去了嗎？」
嚥下去了嗎。
拋物線在空中舉起
糾結滿天的
愛

鏡面

多餘之色
背負榮辱想望與愧疚的
光滑表皮‥
「只爲擊破黑暗我運用過度色彩……」

一顆星星墜落鏡面
攜走謊言

零頭布

春天裁剩的承諾
拼不攏一隻青鳥
結局都留給溪水與神祇
「深深的舞姿吧……」
深深的舞姿

黑暗王國

時間永遠朝無限多的未來分歧分叉。在其中一個未來，我是你的敵人。

——波赫斯《歧路花園》

蟑螂

在空洞的漱口杯中醒來
醒著，並且夢遊

地球果然如橘般圓滿透亮
如狼般狺狺嗥叫的一隻拖鞋
始於失控終於逃逸無蹤
豐沛的永遠只是想像
春夜燐光　不值得悔懺的黑色
不如披上毛茸外衣　在每個星期五
學習月的謙遜，且在下回夢遊時
發現死亡

蜘蛛

油亮且善於隱匿的未來

風中誰的答案依然如謎
你勢必在鏡中發現我
一枚頑強安詳的化石
多年來圓謊拆謊咀嚼時間
把敵人的屍首仔細排列
細緻優雅像螢火發著光
一切終將結束的占卜
我等著，那時春日將滿佈皺紋
鋒利切割大雨後的禱詞

螞蟻

然後我們歪著倒著
通過枯索的童話
搬運不知名的銅像和歷史
無法辨識的瞳仁食道以及迷宮
耽溺於胃液的潮濕仁慈　我們泅泳著
聽夏末的莫札特二十三號鋼琴協奏曲
一切都如此瑣屑　輕快
黑暗適於沉思
做一隻全然的螞蟻
一個閉目微笑的佛

蛇

善於歌唱的
回聲都在靜靜的錶面
一遍一遍反覆頌讚
在大廳裡排隊等候打卡的貓頭鷹
在中庭甜蜜吞食自己的無尾猴
音符讓安靜的鳶尾花爆裂開來
讓邪惡的眼睛回去童年
看秋天發光的林子裡
有一隻狐疑的小蛇

蝙蝠

虛懸的心事
非虛無非虛妄非非非之想
只是灰色翅膀生出的一些疼痛
冬日浮雕　無關乎創新的一則剪影
據說失眠者性虛寒　而我只是慣於空想
把不冷不熱的一生都釀成了米酒
以至於化成魚身　醉了
睡不睡都兩難
如果你來

記得帶碗老薑蓮子　百合三錢
溫熱我　虛構的後半生

五行說

水

哭泣與耳語
都不是最好的風景
一隻蟲死了
臭了
化成地球的夢

就是這樣

火

你懷疑你的懷疑嗎？
坐在鳥巢裡
輕輕煽動
尚未成形的卵
冀望有一天
答案像火
冥冥風乾一樹歷史

土

牠們傾向爭辯
墓碑的完美結構
會不會不小心
大雨
雲塌下來
壓死一隻
天使

金

後不後悔？
你的燈忘了關
錢忘了拿
人忘了愛
鐘繼續走
一匹牙刷跟著一匹牙刷
把每一個明天刷得純潔透亮

木

所以我要遊戲了
筆說
休息去吧
怯懦蒼白的紙
回去伐木叮叮的森林
（彼時深不見底的快樂啊）

卑微二式

蟹

海水一直晴著
無心寄放我的憂鬱

橫行
或者乾脆
裁下整片天空

裝些雲或星星之類的
帶回去吧
反正世界只在身後旋轉
黯淡，
不及引燃的；青春
在眨眼間爆裂
焚燒
嬉鬧著走遠了

留下我
仍在猶豫
向左橫行或向右

裁下一角
黃昏

蜘蛛

風清月明的時候
記得捎一封亂世給我

鎮日蹲坐網中
原地踏步成爲僅有的娛樂
偶爾網絲故障
用一隻腳修補

路過一匹蝶
大聲和她打招呼
可是我；很久
沒有朋友了
夜裡我讓網絲發亮
路人只說
「嘖。多醜的蜘蛛」

所以我很久，不再讓自己發光
蟲子，總是瘦瘦的
黑暗裡我一口一口嚼
碎

風清月明的時候
記得，捎一封亂世給我

關於時間的祕密

聽雨的鬼哭了
淋濕自己的小眼睛
小小的夢走了
流進貓的足趾裡
愛或不恨
丟丟你的小銅板
告訴我，時間的甜蜜滋味

正午

他畫手錶，輪船，和低矮的鄉愁
他夢見項圈，風暴，和短暫的童年
故事在敞開的窗口裡走成夏天
野狗成群在黑色的畫布外進行巷戰
然而關於赭紅的預言，青銅鑄成的時間
一切總離正題太遠
畫不下去了的他開始模擬沙蟹
橫走，舉步，打造一座堅硬的背殼
如果傾斜了，45°仍是陽光足以相逢的腳程
他想，並努力維持向天仰望的姿勢

逐漸膨脹的他開始輕飄，飛行
而且飄得很遠了，一只汽球
在什麼也沒有的藍天上
一滴神祇的眼淚……

黃昏

午寐醒來
他發現身上長滿片片魚鱗
深褐的，略顯疲憊
「走了。」它們，帶著他的童年，和一滴鹹水
「走了。」穿過陰暗的菊花，祖父的天涼照相館

「走了。」蹲在墳裡的叔，仍想伸手拾回，文革時就打碎的骨
「走了。」他的鱗，蓄滿鹹水，和一匙黃昏
還走不走呢？他遲疑著，想起一雙在洞房裡憂鬱的鞋
走不走呢？那架播放燒餅禁忌的收音機
走吧。幡旗在前面頻頻催促了，他的照片
走了吧。他開始微笑著，在黑白的秋風裡向迎面的路人請安
在愈來愈遠的黃昏裡，向細細的秋色探問
回，首
不去的岸……

子夜

乾杯，焦吧年。他說
每夜他慣於臨風俯瞰，逃離地圖
整夜逡尋影子，藉口，以及一首難以發表的詩
歷史過去很久了，連歷史課本也是
想當年一手提起敵人的頭顱，把黑夜劈成一把祕密的刀
入口是夢，出口是鬼，啾啾啾啾把山林喚成了綿綿海濤
不過究竟誰在啃噬肺葉，潛進牙裡，咬嚙一片月光
半個回歸野鹿，半個砌成泥土，還有空空餘恨的
都送給風裡喃喃誦唸的小米酒，桂花糕
只要不抹去胸口的雲霧

讓樹去說吧，螢火蟲去說，瘦瘦老老的水滴去說
向陰暗深處飛翔的頭顱，夜夜遺失的咒語
會依約前來，翻滾
成一支多創孔的
笛聲……

囚徒

AM 00:00

夢夢夢夢夢夢夢夢夢夢夢夢夢夢夢夢
夢　　　　　　　　　　　　　　夢
夢　豹在眉睫　　　　　　　　　夢
夢　豹在髮梢　　　　　　　　　夢
夢　豹在空無一物的藍裡　　　　夢
夢　　　　　　　　　　　　　　夢

夢　房間在椅子上面　夢
夢　椅子在月光上面　夢
夢　月光在時鐘上面　夢
夢　　　　　　　　　夢
夢　誰踩著歲月深深的天空過來　夢
夢　空了的鐵軌　夢
夢　空了的行李箱　夢
夢　空了的舞步　夢
夢　　　　　　　　　夢
夢　誰在壞了的電梯裡看錶　夢
夢　廢棄的水塘　夢
夢　廢棄的火把　夢

夢　廢棄的夢　　　　　　　　　夢
夢夢夢夢夢夢夢夢夢夢夢夢夢夢夢夢

AM 09:00

見見見見見見見見見見見見見見見
見　煮沸的魚在　　　　　　　見
見　寂寞的天空裡行走　　　　見
見　心臟躲藏在行李箱　　　　見
見　假裝死去　　　　　　　　見
見　　　　　　　　　　　　　見

見 所有僞裝的貓都請站起來 見
見 說話大聲說話 見
見 妖嬈的雲從天橋上滾落 見
見 遺忘的翅膀留下骨刺偷偷 見
見 潛入老闆常綠的眼瞳 見
見見見見見見見見見見見見見見見

PM 05:00

一一一一一一一一一一一一一一一
一 卡打進心窩裡 一

一像一張風景明信片一
一留給摯愛的鞋子帽子鴿子一
一飛不走的顏色一
一變成怯怯的椅墊一
一飄散再飄散再飄飄飄飄飄一
一一一一一一一一一一一一一一一

PM 09:00

個個個個個個個個個個個個個個個個個個個個
個 誰在堅硬的靈魂裡歌唱 個

個　十字架般裸露　　　　　　　　　　　　個
個　後面是凝固的頭顱的眼神的耳語以及　個
個　一窩杜撰的蟲卵腐蝕的手稿以　　　　個
個　及無數風化的　　　　　　　　　　　個
個　爪痕　　　　　　　　　　　　　　　個
個個個個個個個個個個個個個個個個個個個個個

AM 00:00

房間房間房間房間房間
間　睡不著的都請　房

房　僞裝成一隻貓　間
間　蹲下去再蹲蹲　房
房　下去再蹲蹲下　間
間　蜷伏成地球虛　房
房　擬且微弱的心　間
間　跳　　　　　　房
房間房間房間房間房間

萬聖節

輯
4

下午

在陰暗的花園裡
裝置皮筏救生圈
被沉默層層包圍
蔭涼的陽光後面
有誰埋下誓詞
軟綠潮濕一如往昔
走上彩虹的背影

唱一支歌
讓雪花紛紛斷了線
像許多細小淒美的風箏
「沒事了」
有誰說　音樂　吃一小塊烘餅

光陰乘著死亡來去
像雨水一樣簡單
像無事的一個下午
誰靜靜
發現了夢

〈小評〉

梅新

有諸多讀者來信，問爲什麼這麼久未見我再「讀詩」，尤其難得的是有位遠自德國的讀者，前後來過兩封信，說他很喜歡詩，是在德國的大陸留學生，現在正蒐集資料，準備寫有關詩方面的論文，〈魚川讀詩〉他每篇都剪，還附來個目錄，問我有無遺漏，令我十分感動。

其實過去的這段日子，我仍非常認眞的在讀詩，只是極少作品能讓我有特殊的心得。而另一個使〈魚川讀詩〉專欄停了這麼久的原因，無非是忙，我現在每天仍需要十二小時才能將工作勉強交代。像羅任玲這首詩，放在手邊已有好些日子了，但始終無法坐下細品細讀。不過既然〈魚川讀詩〉有這麼多人喜歡，我決心要繼續「讀」下去。只「讀」，不建立理論，也不引用理論，作者也就不必怕我將他們歸類了。

羅任玲是位年輕秀麗的女詩人，外形溫順而不多言。但是她內剛外柔，任何用在批評女作家作品的名詞：婉約、閨怨和閨秀，全都不適合引用來討論她的詩。

在〈下午〉這首詩裡，我們感受到一股強烈的安寧的氣氛，以及女性特具的細緻。她寫的是內心世界的活動，但可不是李清照「寂寞深閨，柔腸一寸愁千縷」(〈點絳脣〉詞)那種「閨怨」。在現代這個開放的社會，即使李清照再世也寫不出她那種淒美的詩了。李清照這句詩所滲透出來的，正是詩人和作家要追求的「文學的力量」。〈下午〉這首詩所表現的是一份安寧，一份安詳，於安寧安詳的環境中，思考生命：「光陰乘著死亡來去／像雨水一樣簡單」。我們感受到它的安寧，是文學的力量，也是文學的美感。

很少人了解詩是可以寫氣氛的。詩不見得一定要告訴你什麼。「採菊東籬下，悠然見南山」陶淵明寫的是剎那間的心境，是最眞實的人格的呈現，至於「南山」是否確有這座山，便不十分重要了。

〈下午〉的氣氛重於意象，它的意象又像詩中的句子「雪花紛紛斷了線」，如果你沒有意象的組合能力，是不容易讀出它的妙境的。因爲它的每一段所呈現的心境都不一樣，它不是採疊景的表現法，而是藕斷絲連的排列。有人遇到這種情況的詩，喜用「多意象」加以美化，我非常以爲不妥。這是不負責的評詩的態度，因爲它對詩没有好處，多意象的詩會走上文字遊戲，我厭惡這樣的詩風。

詩的首段，是寫陽光曬不到，潮濕一如往昔，午後時分，其沉寂的情形，必須以層層的沉默來加強形容。這一段她用了幾個不是很開朗明亮的形容詞：如「陰暗」、「蔭涼」以及「潮濕」。這些形容詞雖然可視爲是寫實，但也未嘗不能被認爲是作者心境的反映。「裝置皮筏救生圈」，這句詩是需要一點聯想工夫的。現在的花圃，普遍裝有透明塑膠棚，爲防暴風雨，也爲保溫。詩人把它説成「救生圈」，我以爲是没有比這更好的比喻了。

「走上彩虹的背影」這句詩極妙，明明是在陽光的背面，明明是走在陰暗的花間小徑，她卻説是走上彩虹的背影。我常説寫詩比寫散文過癮，一個有才氣的詩人，就像是位超神入化的魔術師，文字在他的手掌中變化無窮，有意思極了。「唱一支歌」以忘憂，因此才有下一句「讓雪花紛紛斷了線」，以歌聲融化雪花，融化詩人內心的憂愁，這兩句的表現手法也不落俗套，甚富創意。

「下午」之後，很快就近黃昏，詩人的敏感，自然會警覺到光陰消逝的可怕。可是她卻創造了一個十分瀟灑的形容詞「像雨水一樣簡單」。過去人以滴漏計算時間，我想她的靈感來自這個農人的生活。末尾誰靜靜的「發現了夢」，「夢」的含意可以是時間，也可以是生命，它還可以是對過往錯誤知識的一種覺醒。

暗夜

後來雨落在夢裡
打點成草稿的樣式
有些泛黃
如多年前的巷弄
誰在窗外推窗
呼喚你

依然未解的密語

用時光的筆尖
危顫顫寫
下一個陌生人
獨自飛翔的故事

幾萬海哩那麼遠了
你在霧濕的夢裡
或者，露台上
想起並不真實的一生

茶漬已冷
有風微涼

端午

喝詭異的茶
在下雪的鏡子裡照見雪的顏色
和南半球的家人通電話
是夏天也是冬天
的夜晚
夢裡故去的友人
問起你的近況
他顯然瘦多了

並且不知自己已然死去
他在任何地方也不在任何地方
想念你
說他夢見地鐵轟隆轟隆穿過河床
屈原站在孤伶的河中央
不知自己早已死去

萬聖節

沿著下雨的黃昏走
雨落了一半
他唱著快樂
然而他是多麼多麼傷悲
關於在海底推擠的
深谷、傾斜的光線
一切與永恆無關的預言
如今都藏匿了

在她的歌聲裡

而據說即將釋放的
午夜那群幽靈
總在隱密的門縫裡
張開鋸齒狀的靈魂
笑著
陌生人帶著寂靜出門
與沿途的青鳥相遇
並且唱著傷悲
歌詞十分十分快樂

落葉

你十分懶惰
精靈們這樣譴責我
數過所有的竹雕籬笆
停止遊戲後
我確實後悔了
春天退得遙遠
略帶恨意的秋天
搖擺唇齒

竊竊私語

口舌。啊。

我低頭掃掃落葉。

他的抽屜

ㄅ.空著腹
空著心
只是忘了
上鎖

ㄆ.歲月趁虛而入
她的影子
每晚啃噬四壁

冂終於

蛀

壞

空

了

蟲

輯
5

晚禱

在
月光背面
訂做一張椅子
坐
著
直
到
雪色沛然湧現
現現

墓誌銘

靜靜地說話
名字寫在天空裡
一隻鳥就抹去了
多鹽的
黃昏

一張照片

妳坐在海邊，微笑著。天空
陰暗沉冷。遠方有一些山色
一點點光。彷彿是冬，海很
詭譎。咬著，妳的耳朵。呵
妳是否知道？關於竊聽，關
於所謂無聊。以及，一點點
妥協。大海，沙的屍骸，抛
物線般的寂寞，都是妳。妳

可以任意垂釣，但不要選擇光，鏡頭裡，並未允許。黑暗已獨步向妳，妳選擇微笑彷彿，孤獨。

冬景

耶誕之前四處兜售靈魂的那人雪地裡拉起謠言的風箏寂寂跑著拉
拉啦啦喇喇拉想不到更多辭彙的那人搖搖擺擺把風兜在懷裡兜售
的那人在風暴與遊行之間想不到更多的辭彙喙獩恚晦回誨賄會毀
潰匯穢虺虺傀痗蛔燬一整夜的猜測與選擇終究只有危危的幾枚字
飄落毫無選擇的在耶誕之前漂浮在耶誕之前快快樂樂的　　漂浮

鼠

我是風
是影子裡流浪的一把刀
首尾尖利
是雲朵間顛躓的字眼
終日尋索污濁的眼神愉悅的光

我是鏡面
小心踩著臨鏡時觸及的

153 鼠

一小撮命運
是飛行
飛行背後的一個死結
是相片裡忍耐的火
是發黃口袋裡的一畝水田
是雨
刻意隱藏的芬芳
彎曲之小河

是一再跳躍的影像
是無處不在的
旅人的皮箱

是童年穿過腳印的位置
是雪花
一再燃燒
是跟著新年歡喜流淚奔跑
你不得不畏懼的
一朵凝結之
詩

長夏

這一次門鐵定要飛起來
去追逐一扇窗　讓海走失自己
把琴鍵的高C拉到很長很長　碰到雲的腳趾
讓一隻飛蟲死在麵包裡
讓大風吹吹落了百年身
吹跑雪豹鬍子上結的一點點冰柱
吹跑所有的船飛起來
去追趕夢

吹跑所有的顏色飛起來
去追趕一個暗夜
讓細細的白線在風中一絲一絲散去
讓潮水拍擊剛烈的岩岸
拆掉一個墊肩
讓雷公繼續長一張尖尖的鳥嘴
讓祂繼續個性魯奔　深度近視
泡在霧裡的今生黃豆芽燉排骨
不能再想了的前世輪迴
小黃瓜

午夜荒泉

追悼一些死亡的詩句
來不及射殺的夢想
一隻，奔赴荒泉的鷹鷲

而後我們停筆
沉思良久
讓小眉小眼的繾綣遁入抽屜
讓千種褄褙世俗的無稽逃逸

一種顏色
在指甲縫裡再生

讓瓶花安靜
讓吹笛的人繼續行走
讓所謂的浮雲散去
而後剪斷我們的夢
飄流大氣的
心房

沾滿鹽晶的耳
鼓盪迴旋

歲月的背後有誰唱著
「鐘聲　鐘聲
披著白衣的蒼狗
伸出手來
簷間的
時光與浪
時光與浪」

走遠了鐘聲
誰還輕輕唱著
走遠的鐘聲
誰還輕輕唱著

午夜荒泉
的一隻鷹鷲
午夜
荒泉的，一隻鷹鷲

生活之奴

把夢悉數交出，給歷史
失去細節的淚，那人

細・細・篩・著

堅持存在與乎虛無
結局似乎仍止於
血小板一樣的夜色
塗滿口涎與歲月

（塗滿一八八六，一九三七，或者二〇〇〇？……）

那人依然堅持默默行走
穿過歷史
黝譎的欲望以及，墳場
在遍地的腐骨中那人誓稱
擁有有史以來最龐大的淚，與愛。
那人顯然如此富足
且耽於
夜夜啃噬自己鬼大的魅影
驅策靈魂四出蒐集　歌聲　以及噩夢
沒有鞭笞沒有了血痕

夜色甚至，容易的像一首詩

多年後，那人在感激中醒轉
訝於滿地碎裂的陽光
夜和夢都走了
或者，沒有
他突然想起模糊的先祖
歷史清清楚楚記載的
一八八七，一九三六，二〇〇〇……
荒涼的淚，與愛。

蠱

於是黃昏就近了
靜默的花園
棄置的筆
無人乘坐的光陰

離去許久了，那歷史
與身後細碎耳語的林葉
乾萎的蠱惑彷彿

夢仍是意外的場景
永遠等待
杳杳的先知在深秋
荒蕪庭園裡
植下
飄搖無解的祕密

關於孤獨

一

那人從雨裡遠遠走來。

我緊緊抓住空了的箱子。空的，什麼也沒有。

「不再裝些東西了嗎？」那人用試探的眼光。

我搖搖頭。雨恣意地落了下來。

二

光在遠方。

人群在霧裡。

髮，濕淋淋地貼在額上。

「就是這種感覺嗎？」你困惑地。

「箱子早已空了，爲何還要守著？」

「你看不見的。」那裡，有好深好深的記憶。

三

深藏在夜裡的手，
就這麼攫向天空。
流動的人影裡，霓彩彼此碰撞。
「好瘦的手。」
「好冷的天空！」
我緩緩行過大街。
如一尾緘默的魚。

四

終於來到河岸了。
長長的空白裡，水聲嘩然。
我垂下髮絲，測量水的溫度。
它們，竟和天空一樣冰冷。

五

箱子逐漸沉沒。
我摟住自己的影子。
再不能出聲。

〈小評〉

李瑞騰

羅任玲對於非常具有普遍性的「孤獨」有很特殊的詮釋。主意象是「空了的箱子」，從原先的「緊緊抓住」到最後的「箱子逐漸沉没」，連唯一能抓住的東西都失去了，那正是「孤獨」的極點。

這一口箱子，原先可能曾裝過對「我」來說非常「珍貴」的物品，而現在「空了」，不再裝其他的東西，卻還要守着，就只因爲「那裡，有好深好深的記憶。」

此詩無論是內容的意義或是語言的意義都具有高度的可分析性，譬如說緊扣「孤獨」而貫穿全詩的「空」字，就特具聲音和意義上的功效，也證實羅任玲有眞正的創作潛能。

〈小評〉

許悔之

北歐神話：宇宙間有一種光的妖精名叫愛爾芙(Elf)，愛爾芙生得十分美麗，較諸太陽更加明亮輝煌。他們住在太陽神福雷爾的領地——愛爾芙海姆(Alfheim)，在朗朗陽光下，快樂地遊玩嬉耍。另外有一種黑色的妖精，長得奇醜，每天他們躲在陰影中，直到黑夜，才到地面上來，這些小侏儒把陽光視爲第一號敵人，因爲他們只要一遇到陽光，就會變成石頭，但是在宇宙所有生命中，他們是最優秀的工匠，他們擁有神祕的力量與深邃的知識，除此，他們還懂得魯涅文字，不但能刻寫，也能瞭解其中的意義，他們的語言就是寂靜無人處響起的回聲。

羅任玲有一首〈關於孤獨〉的詩。

讀誦這首魅惑的詩，心頭一直有個疑問：爲何詩人始終無法擺脫其布爾喬亞的菁英性格且頑童似不停進行塗寫(Scratch)而樂此不疲？(你願意與我分享讀這首詩的片段嗎？)來！在找到暫時的答案之前……讓我們一段段、一句句的來讀。

那人從雨裡遠遠走來。

「那人」是一個不定的主詞，可能是他是你也是我，「那人」從雨裡走來，而且是「遠遠走來」，增加了遠的意味。

A_b

我緊緊抓住空了的箱子。空的，什麼也沒有。

相對於「那人」，「我」看著「他」遠遠走來，「我緊緊（帶著戒慎恐懼卻又肯定的）抓住了「空了的」「箱子」（這是怎樣的一個箱子呢？）詩人再次說：「空的，什麼也沒有。」（既然「什麼都沒有？」爲何要「緊緊抓住」呢？）一種懸宕的氣氛於焉造就。

A_c

「不再裝些東西了嗎？」那人用試探的眼光。

A_d

「那人」究竟是誰？那人爲何要試探地問「我」？

我搖搖頭。雨恣意地落了下來。

「我」搖搖頭是意味什麼呢？是說「不必再裝東西」或者「不再裝些東西」？或者「我」根本拒絕回答問題？還是一種防衛性的肢體語言？甚至「我根本不曉得『那人』在說些什麼？」

是的，雨恣意地落了下來。

A_e

光在遠方。

開始有「光」（希望？）出現了。在遠方——光是原本屬於那箱子的東西嗎？

A_f

人群在霧裡。

霧中你我都看不清楚彼此（其實沒有霧時亦然），太多人群聚集的經驗有時是一種墮落的開始。

A_g

髮，濕淋淋地貼在額上。

相對於那人從雨裡「遠遠」走來，我「緊緊」抓住空了的箱子，我「搖搖」

頭，濕「淋淋」的髮出現也就不足爲奇了。

A_h

「就是這種感覺嗎？」你困惑地。

你有過「這種感覺」嗎？

A_i

「箱子早已空了，爲何還要守著？」

守住「空了的箱子」飛蛾撲火，你覺得這種辯證合理嗎？

A_j

「你看不見的。」那裡，有好深好深的記憶。

「你看不見的」一句不啻當頭棒喝，我們都「看見」我們所看見的嗎？何況是那「看不見的」。箱子裡「好深好深的記憶」正是這首詩的否定性之根源。

A_k

深藏在夜裡的手，
就這麼攫向天空。

看似平凡簡單的遺辭，其實正可看出詩人的天賦，動作性的語言，是最具威力的。深藏夜裡的手「就這麼」「攫向天空」——是抗議吧，副詞性的「就這麼」增加了想像的空間。

A_l

流動的人影裡，霓彩彼此碰撞。

我們終究會因碰撞產生的高熱而焚化，而熔解……劫毀。而沒有人會是霓彩。

A_m

「好瘦的手。」

「好冷的天空。」

「瘦」、「冷」其義甚曉。

A_n

我緩緩行過大街。

如一尾緘默的魚。

在人物流動爲霧所蓋的大街上，幽靈般的走過。嗯，凡魚皆需要水，有水的地方不定有魚。

Ao **終於來到河岸了。**

楞嚴經有一段記載：一個人看水中月只有一個，當兩個人各行東西，則各有一日，隨二人去。你的影子，我的影子，你所看到與我所看到的太陽的影子。你的水，我的河岸，魚。

宿命也是肯定。範例㈠：《楚辭・哀郢》：「鳥飛反故鄉兮狐死必首丘。」範例㈡羅任玲的詩。（當然還有無數的範例。）

無所逃於天地間。連影子也是。

Ap **長長的空白裡，水聲嘩然。**

Aq **我垂下髮絲，測量水的溫度。**

它們。竟和天空一樣冰冷。

我不知道該說些什麼。

Ar

箱子逐漸沉沒。

這是此詩中必然的安排。

As

我摟住自己的影子。

自閉性的，現代主義式的，自我從外在世界不斷向內裡聚縮——切斷與外在世界的關聯。

At

再不能出聲。

低調的音聲至此戛然而止。

〈關於孤獨〉結束了，我們的孤獨開始。

不免想到馬庫色(Herbert Marcuse)再三強調藝術的眞理的內容正是作爲類的存在物(species beings)的人類意識：「藝術向已建制的實在(established reality）的壟斷挑戰，以決定什麼是實在的，它的作法是創作一個比實在本身更實在的幻想世界。」馬庫色如是說。〈關於孤獨〉中辯言緊緊守住的箱子是空的，什麼也沒有，卻再辯證爲「你看不見的」——因爲那裡頭有「好深好深的記憶。」正是如此，若且唯若當我們不忘以對過去的回憶作爲解放生存苦難的媒介，詩（文學藝術）將成爲空前未有的抗爭力量，因爲只要過去的不幸、憂懼、孤獨……未被遺忘，人類追求創造幸福的意志就不會疲軟、痲木，回憶是爲了否定既定存在(given being)，想像則爲了肯定美好的未來，詩人泰半陷入這樣的「窘境」，彷彿失其所據，因爲幸福和平的世界從未在人類史冊裡被記載，於是詩人只有去背叛、幻想規劃我們光榮的將來。

〈關於孤獨〉我們都說得太多。

B

羅任玲另外有一首〈鄉愁事件〉爲我們經營更巨大的恐懼：

那人終於說話了。

臉，埋在空空的鳥籠後面。

「沒有籠子
鳥會死在天空裡」

時間的不可逆性以及命運的合法性造就了她的詩，而她也用詩來背叛時間以及命運，這些都是不被祝福而被允許的。就像她的詩〈精靈〉裡「從詩集中躍下」的精靈無意偷窺了女主人的詩，見到她對「這世代」的質疑而遭譴責，最後決定「藏身於詩集中」，詩的「肯定，否定」性的辯證顯露無遺；詩人正是愛爾芙，也是北歐神話裡那種命定，不屬於光的精靈，你聽見他們的語言了嗎？寂靜無人處響起的回聲。

我們仍心喜於對解放已建制的存在的允諾，雖然我們知道在先知的預言裡沒有人會成爲先知。

逆光飛行　180

本書內容感謝下列刊物首次刊載：

《中央日報·中央副刊》
《中國時報·人間副刊》
《中時晚報·時代副刊》
《自由時報·自由副刊》
《臺灣日報·臺灣副刊》
《聯合報·聯合副刊》
《中外文學》
《地平線詩刊》
《現代詩季刊》
《曼陀羅詩季刊》
《爾雅·年度詩選》
《九歌·新詩三百首》

國家圖書館出版品預行編目資料

逆光飛行 ／羅任玲著. ——初版 .——臺北市 ；
麥田出版； 城邦文化發行, 1998〔民 87〕
冊；公分 .——（麥田文學 ；94）

ISBN 957-708-631-4（平裝）

851.486 87006795